AF469704

10 mars 1903 V

2e Vente DENIÈRE

Les Mardi 10, Mercredi 11 & Jeudi 12 Mars 1903

Et Jour suivant, s'il y a lieu

A DEUX HEURES PRÉCISES

DANS UN LOCAL

38 — RUE DE TURENNE — 38

MODÈLES

POUR

BRONZES D'ART

d'Ameublement, d'Éclairage et de grande Décoration

AVEC DROIT DE REPRODUCTION

PROVENANT

De la Maison DENIÈRE

FABRICANT DE BRONZES A PARIS

PAR SUITE DE DÉCÈS

A la requête de M. MÉNAGE, Administrateur judiciaire près le Tribunal de la Seine

EXPOSITION PUBLIQUE

Les Dimanche 8 et Lundi 9 Mars 1903

DE 10 HEURES DU MATIN A 4 HEURES DU SOIR

COMMISSAIRES-PRISEURS

Me **Henri BERNIER**	Me **Frédéric LECOCQ**
11, rue Saint-Lazare	Rue Richer, 41

EXPERTS

M. BOUCHÉ	**M. GASTAMBIDE**
54, Boulevard du Temple	Rue Sainte-Anne, 49

PARIS — 1903

IMPRIMERIE MAULDE ET RENOU

MAULDE, DOUMENC & Cie

IMPRIMEURS DE LA COMPAGNIE DES COMMISSAIRES-PRISEURS

Rue de Rivoli, 144

2e Vente DENIÈRE

Les Mardi 10, Mercredi 11 & Jeudi 12 Mars 1903

Et Jour suivant s'il y a lieu

A DEUX HEURES PRÉCISES

DANS UN LOCAL

38 — RUE DE TURENNE — 38

MODÈLES

POUR

BRONZES D'ART

d'Ameublement, d'Éclairage

et de grande Décoration

AVEC DROIT DE REPRODUCTION

PROVENANT

De la Maison DENIÈRE

FABRICANT DE BRONZES A PARIS

PAR SUITE DE DÉCÈS

A la requête de M. MÉNAGE, Administrateur judiciaire près le Tribunal de la Seine

EXPOSITION PUBLIQUE

Les Dimanche 8 et Lundi 9 Mars 1903

DE 10 HEURES DU MATIN A 4 HEURES DU SOIR

COMMISSAIRES-PRISEURS

Me Henri BERNIER	**Me Frédéric LECOCQ**
11, rue Saint-Lazare	Rue Richer, 41

EXPERTS

M. BOUCHÉ	**M. GASTAMBIDE**
54, Boulevard du Temple	Rue Sainte-Anne, 49

PARIS — 1903

CONDITIONS DE LA VENTE

Elle sera faite **expressément au comptant.**

Les Acquéreurs paieront **dix pour cent** en sus du prix d'adjudication.

Il n'y a pas de fonte.

Il ne sera admis aucune réclamation une fois l'**adjudication prononcée.**

TABLE

Mauclou, Doumenc et Cie, imprimeurs de la Cie des Commissaires-Priseurs, rue de Rivoli, 144. 1000-9416

DÉSIGNATION

GROUPES ET STATUETTES

501-503

Deux **Femmes debout**, aux guirlandes de vigne.

Haut. $0^{m}75$.

Par CLODION.

Les mêmes (réduction).

Haut. $0^{m}60$.

Les mêmes (réduction).

Haut. $0^{m}45$.

Groupe **trois Bacchantes** au raisin et **faunisque.**

Haut. $0^{m}62$.

Par CLODION.

504-505 Groupe **deux Bacchantes** à la coupe.
Haut. 0m60.
Par Clodion.

Le même groupe (réduction).
Haut. 0m51.

506-507 Groupe **Faune et Bacchante** à la Coupe.
Haut. 0m60.
Par Clodion.

Le même groupe (réduction).
Haut. 0m43.

508 — Groupe **Triomphe de Bacchus**. Faune et Bacchante et deux enfants.
Haut. 0m60.
Par Clodion.

509 — Statuette **Innocence** aux colombes.
Haut. 0m60.
D'après Clodion.

510-511 Groupe **deux Bacchantes et un Faune** au Baiser.
Haut. 0m57.
Par Clodion.

Le même groupe (réduction).
Haut. 0m45.

512 — Groupe **Faune emportant une Bacchante**.

Haut. 0m58.

Par Clodion.

513 — Groupe **Faune et Bacchante** à l'Enfant.

(Un Faune, assis, offre du raisin à une Bacchante ; l'enfant regarde.)

Haut. 0m50.

Par Clodion.

514 — Groupe **Bacchante assise à l'Enfant et aux Colombes.**

Haut. 0m35.

Par Clodion.

515-516 Statuette **Maraudeuse.**

Haut. 0m36.

Par Clodion.

Statuette **Maraudeur**.

Haut. 0m36.

Par Clodion.

517 — Groupe **Enfant à la chèvre.**

(Un enfant est assis sur une chèvre, qui regarde un chien.

Haut. 0m68.

518 — Groupe **quatre Enfants à la chèvre.**
Haut. 0m40.

519-520
Groupe **Femme et Amour à l'Arc.**
Haut. 0m67.

Groupe **Femme et Amour à l'Oiseau.**
Haut. 0m67.

521-522
Statuette **Bacchante debout** portant un cornet.
Haut. 0m43.

Statuette **Bacchante**, faisant pendant à la précédente.
Haut. 0m43.

523-524
Statuette **Femme prêtresse.**
Haut. 0m42.
Par Clodion.

Statuette **Femme prêtresse**, faisant pendant à la précédente.
Haut. 0m42.
Par Clodion.

Groupe **deux Enfants accouplés**, bras en l'air.

Haut. 0^m85.

Groupe **deux Enfants accouplés**, faisant pendant au précédent.

525-528 Haut. 0^m85.

Les mêmes (réduction).

Haut. 0^m58.

Les mêmes (réduction).

Haut. 0^m58.

529 — Statuette **gros Enfant pleurant**.

Haut. 0^m53.

530 — Groupe **deux Enfants au dauphin**.

Haut. 0^m64.

531 — Statuette **jeune Faunesse au lézard**.

Haut. 0^m82.

532 — Groupe **Leçon de pipeau**.

Haut. 0^m65:

533 — Groupe **trois Femmes aux roses**.

534 — Statuette **Soubrette** du XVIIIe siècle.

Haut. 0^m43.

535-536 Statuette **Ulysse tendant son arc.**

Musée du Louvre.

Haut. 0m76.

Par J. Bousseau.

La même (réduction),

Haut. 0m61.

537-538 Statuette **Femme debout** *(La Comédie)*.

Haut. 0m42.

Par Coustou.

Statuette **Femme debout** *(La Tragédie)*.

Haut. 0m47.

Par Coustou

539 — Groupe **Jeune Mère.**

Haut. 0m35.

540 — Statuette **Judith.**

Haut. 0m86.

Par Ladatte.

541 — Statuette **Chanteur indien.**

Haut. 0m96.

Musée du Luxembourg.

542-543 Statuette **Diane** Renaissance.
Haut. 0^m90.
Par Carrier-Belleuse.

La même (réduction).
Haut. 0^m70.

544 — Groupe **Comédie et Tragédie.**
Haut. 0^m56.
Par Carrier-Belleuse.

545-548 Statuette **Arbalétrier**.
Haut. 0^m64.
Par Carrier-Belleuse.

La même (réduction).
Haut. 0^m39.

Statuette **Arquebusier**.
Haut. 0^m65.
Par Carrier-Belleuse.

La même (réduction).
Haut. 0^m40.

549-550 Statuette **Bohémien**.
Haut. 0^m46.

Statuette **Bohémienne**.
Haut. 0^m46.
Par Carrier-Belleuse.

551-554 Statuette **Michel-Ange**.

Haut. 0m68.

Par Carrier-Belleuse.

La même statuette (réduction).

Haut. 0m54.

Statuette **Raphaël**.

Haut. 0m69.

Par Carrier-Belleuse.

La même (réduction).

Haut. 0m55.

555 — Groupe **Enfant prodigue**.

Haut. 0m53.

Par Carrier-Belleuse.

556-557 Statuette **Guerrier Renaissance** tenant une épée de combat.

Haut. 0m60.

Par Carrier-Belleuse.

Statuette **Jeune guerrier Renaissance** tenant une arquebuse.

Haut. 0m60.

Par Carrier-Belleuse.

558-559 Statuette **Denis Papin**.
Haut. 0^m67.
Par Carrier-Belleuse.

La même (réduction).
Haut. 0^m54.

560-563 Statuette **Shakespeare**.
Haut. 0^m67.
Par Carrier-Belleuse.

La même (réduction).
Haut. 0^m50.

Statuette **Milton**.
Haut. 0^m67.
Par Carrier-Belleuse.

La même (réduction).
Haut. 0^m50.

564 — Groupe **Othello et Desdémone**.
Haut. 0^m71.
Par Carrier-Belleuse.

565-566 Statuette **Ophélie**.
Haut. 0^m62.
Par Carrier-Belleuse.

Statuette **Hamlet**.
Haut. 0^m66.
Par Carrier-Belleuse

567-570 Groupe **Faust et Marguerite**.

Haut. $0^{m}60$.

Par Carrier-Belleuse.

Le même groupe (réduction).

Haut. $0^{m}52$.

Groupe **Roméo et Juliette**.

Haut. $0^{m}59$.

Par Carrier-Belleuse.

Le même groupe (réduction).

Haut. $0^{m}51$.

571 — Statuette **La Tour d'Auvergne**.

Haut. $0^{m}66$.

Par Marochetti.

572 — Groupe **King Lear**.

Haut. $0^{m}60$.

573 — Groupe **La toilette**.

Haut. $0^{m}48$.

Par Klagmann.

574-575 Statuette Faune assis aux oiseaux **La Nuit**.

Haut. $0^{m}22$.

Statuette Faune **Le Jour**.

Haut. $0^{m}22$.

576-577 Groupe deux enfants **saisons** couchés.
Haut. 0^m20.

Groupe deux enfants **saisons** couchés.
Haut. 0^m20.

578-579 Statuette enfant drapé pour **candélabre.**
Haut. 0^m39.

Statuette **enfant** (contre partie).
Haut. 0^m39.

580-581 Statuette **Enfant assis** (garçon) pour candélabre.
Haut. 0^m48.

Statuette **Enfant assis** (fillette) (contre-partie).
Haut. 0^m48.

582 — Statuette **Amour drapé** pour candélabres.
Haut. 0^m29.

583 — Statuette **Amour** (pendant du précédent).
Haut 0^m29.

584 — Statuette **Jésus-Christ.**
Haut. 0^m47.

585 — Statuette **Sainte-Cécile.**
Haut. 0^m27.

586 — Statuette **Enfant Mercure**

Haut. 0^m27.

587 — Statuette **Enfant debout**, se retirant une épine.

Haut. 0^m31.

588 — Statuette **Enfant couché**.

589-591 {
Statuette **Enfant assis** au cor de chasse.

Haut. 0^m33.

Statuette **Enfant assis** (pendant du précédent) disposé pour porter un tambour.

Haut. 0^m34.

Un surmoulé de cette **statuette**.

Haut. 0^m24.

592 — Statuette **Enfant assis** jouant de la flûte de Pan.

593 — Statuette **Enfant couché** jouant de la trompe.

Haut. 0^m22.

594 — Statuette **jeune Pâtre**.

Haut. 0^m18.

595 — Groupe **Deux enfants accouplés** bras en l'air.

Haut. 0^m19.

596 — Statuette **Amour assis** bras en l'air.

Haut. 0^m17.

597 — Statuette **Amour assis à la pomme.**

Haut. $0^{m}16$.

598 — Statuette **Amour assis sur un rocher.**

Haut. $0^{m}16$.

599 — Statuette **Amour garde à vous.**

Haut $0^{m}15$.

STATUAIRE ANTIQUE

600 — Groupe de **Laocoon.**

Musée du Vatican.

Haut. $0^{m}50$.

601 — Statuette **Diane à la biche.**

Musée du Louvre.

Haut $0^{m}53$.

602-603 — Statuette **Diane de Gabies.**

Musée du Louvre.

Haut. $0^{m}55$.

La même (réduction).

Haut. $0^{m}45$.

604 — Statuette **Amazone.**

Musée Pio Clément, à Rome.

Haut 0^m47.

605-605 *bis* Statuette **Ariane** couchée dite **Cléopâtre.**

Musée du Vatican.

Haut. 0^m37.

Rocher disposé pour pendule.

BUSTES

606 — Buste de **Raphaël.**

Haut. 0^m38.

607 — Buste de **François Ier.**

Haut. 0^m32.

608 — Buste de **Molière**.

Haut. 0^m40.

Par HOUDON.

609-610 Buste femme **Printemps.**

Haut. 0^m27.

Buste femme **Été.**

Haut 0^m27.

611 — Buste **Louis-Philippe.**

Haut. 0^m16.

RÉGULATEURS ET PENDULES

612 — Grand régulateur **le Char d'Apollon,** ornements style **Louis XVI,** pour ébénisterie.

Musée du Louvre.

613 — Régulateur style **Louis XVI,** à guirlandes lauriers.

614 — Régulateur style **Louis XVI,** terminé par une sphère.

615 — Régulateur style **Louis XVI,** à draperie.

616 — Pendule régulateur style **Louis XVI,** lunettes à raie de cœur.

617 — Pendule style **Renaissance** à colonnettes.
Haut. $0^{m}24$.

618-620
- Pendule style **Louis XIV Temps.**
  Haut. $0^{m}75$.
- La même (modifiée).
- Ornements pour **socle.**

621 — Pendule marqueterie, cariatides **femmes ailées.**

622 — Pendule style **Louis XIV**, **Renommée.**

623-628 Pendule style **Louis XV, enfants saisons**.
Haut. 0^m98.

Deux **enfants saisons** (accompagnement).

Pendule style **Louis XV, enfants saisons.**
Haut. 0^m78.

Deux **enfants saisons** (accompagnement).

Pendule.
La même (même hauteur).

Deux **enfants saisons,** (accompagnement).

629 — Pendule style **Louis XV**, à enroulement.
Haut 0^m28.

630 — Pendule de bureau style **Louis XV**.
Haut. 0^m35.

631 — Pendule **Éléphant portant une femme.**
Haut. 0^m63.

632 — Pendule style **rocaille** (socle seulement).

633 — Pendule style **Louis XVI**. **Taureau portant une Bacchante**.
Haut. 0^m37.

634 — Pendule style **Louis XVI, Lion marchant**.
Haut. 0^m37.

635 — Pendule style **Louis XVI, à chutes de fruits.**
Haut. $0^{m}39$.

636 — Pendule style **Louis XVI, Enfant cariatide.**
Vase à guirlandes de chêne.
Haut. $0^{m}47$.

637-638 { Pendule style **Louis XVI, Enfant couché.**
Haut. $0^{m}22$.
Socle **rocaille** d'accompagnement.

639-640 { Pendule style **Louis XVI. Trophée.**
La même plus petite.

641 — Pendule style **Louis XVI, à colonnettes carrées.**

642-643 { Pendule style **Louis XVI. Cornes d'abondance et couronne de roses.**
La même pendule plus petite.

644 — Pendule style **Louis XVI,** pour marbrerie.

645 — Pendule style **Louis XVI, Enfant gainé,** pour marbrerie, fondu sur ancien.

646 — Pendule style **Louis XVI,** fût surmonté d'un vase, terminé par un **enfant.**
Haut. $0^{m}41$.

647-648 Pendule style **Louis XVI, Trophée d'armes.**
Haut. 0m36.

Candélabre **Carré** d'accompagnement, 4 lumières.

649 — Pendule **Enfants Mars et Amour**.
Haut. 0m27.

650 — Pendule style **Louis XVI, Diane assise.**
Haut. 0m37.

651 — Pendule **Lyre, guirlandes de vigne.**

652 — Gros socle pour pendule à **canaux**.

653 — Socle de pendule style **grec**.

CARTELS

654 — Cartel style **Renaissance**, à chimères.
Haut. 0m40.

655 — Cartel style **Régence**, Diane à la levrette.
Haut. 0m82.

656 — Cartel style **Louis XV** (incomplet).
Haut. 0m70.

657 — Cartel style **Louis XV** fleuri.

Haut. 0m40.

658 — Cartel style **Louis XV**, Enfants et Diane.

Haut. 0m46.

659 — Petit Cartel style **Louis XV**.

Haut. 0m25.

660 — Cartel style **Louis XVI**, vase à draperie, culot à feuilles d'acanthe.

Haut. 0m75.

661 — Cartel style **Louis XVI**, guirlandes de lauriers, culot pomme de pin.

Haut. 0m70.

662 — Cartel style **Louis XVI** (bois).

Haut 0m65.

663 — Cartel style **Louis XVI**, lauriers et tulipe.

Haut. 0m57.

664 — Cartel style **Louis XVI**, à guirlandes de lauriers et à mascaron.

Haut. 0m55.

665 — Cartel style **Louis XVI**, vase et guirlandes de lauriers.

Haut. 0m42.

666 — Œil-de-bœuf, style **Louis XVI**, à canaux et ruban.

Haut. 0m45.

CANDÉLABRES, GIRANDOLES & BOUTS-DE-TABLE

---

667 — Candélabre style **Renaissance**, à 6 lumières.

668 — Candélabre style **Renaissance**, à 4 lumières.

669-669 *bis* { Candélabre style **Louis XIV**, à gaine.
Deux autres gaines.

670 — Candélabre style rocaille **Enfants combattants**.

671-673 { Candélabre style **Rocaille** (ornements).
Deux enfants groupés (accompagnement).
Deux enfants isolés (arrangement).

674-675 { Candélabre style **Louis XV** à vase marbrerie.
Bouquet style **Louis XV**, à 7 lumières.

676 — Candélabre style **grec** lampe antique.

677 — Candélabre **branches lauriers**, vase mascaron.

678 — Candélabre style **Louis XVI**, vase forme œuf, bas-relief ronde d'enfants.

679 — Candélabre style **Louis XVI**, console tête bélier et pied-de-biche à 3 lumières, bobèche vigne.

680 — Candélabre style **Louis XVI**, vase à tête Satyre, à 9 lumières.

681 — Candélabre style **Louis XVI**, trois consoles et pied rond.

682-683 { Grand Candélabre style **Louis XVI**, vase à têtes de bélier.
Ornements et bouquets à 9 lumières.

684 — Candélabre style **Louis XVI,** consoles et roses, à 3 lumières.

685-687 { Statuette **femme** pour candélabre et base.
Statuette **femme** (contre-partie).
Ornements et bouquet style **Louis XVI**.

688 — Deux enfants **à genoux** pour candélabres.

689 — Deux enfants **bras en l'air** pour candélabres.

690 — Socle et bouquet pour **candélabre**.

691 — Pied pour Candélabre style **Louis XVI**.

692-693 { Grande Girandole style **Régence** à écusson.
Bouquet de lumières.

694 — Pied pour Girandole style **Régence**.

695-696 { Girandole style **Louis XV**, à 4 lumières.
Balustre d'accompagnement.

697 — Girandole style **Louis XVI**, forme carrée.

698 — Bout-de-table style **Louis XV** bas.

699 — Bout-de-table **enfant faunisque**, à 2 lumières.

700 — Bout-de-table **enfant faunisque courant**, bouquet vigne à deux lumières.

701 — Deux enfants pour **bouts-de-table**.

702 — Grande Girandole style **Louis XIV** pour cristaux.

LUSTRES ET BRAS DE LUMIÈRES

703-707 { Grand lustre style **Renaissance**, femme ailée à 48 lumières
Compléments et ornements.
Accompagnement.
Grand bras style **Renaissance**, femme ailée.
Un Cartel (mêmes éléments).

708 — Bras style **Louis XIV**, tête femme, une lumière.

709 — Bras style **Régence** pour cristaux (partie et contre-partie).

710 — Bras style **Louis XVI**, vase à flamme et draperie, à 3 lumières.

711-712 { Bras gros carquois style **Louis XVI**, à trois lumières.
Carquois **plus grand** (autre disposition).

713 — Bras **enfants faunisques** en gaine, à bouquet de roses.

714-715 { Bras ornements **lauriers et marguerites**.
Branches pour autre disposition.

716 — Bras style **Louis XVI**, enfant portant une corbeille (partie et contre-partie), bouquet de roses.

717 — Grand bras style **Louis XVI**, à cinq lumières.

718-719 { Trois Bras style **Louis XIV**, pour cristaux.
Mêmes éléments ajourés.

720 — Bras style **Louis XVI**, enfant au cœur, à trois lumières.

Château de Fontainebleau.

721 — Lustre **à perles**.

722 — Bras style **grec**, à console tête de bélier, à deux lumières.

723 — Bras style **Empire** (éléments).

724-725 { Bras style **Louis XIV**, appliques femmes.
Augmentation des appliques.

FLAMBEAUX

726 — Flambeau style **grec,** pied à griffes.
Haut. $0^{m}22$.

728 — Flambeau style **grec**, pied triangulaire.
Haut. $0^{m}36$.

729 — Flambeau style **grec**, pied rond.
Haut. $0^{m}25$.

730 — Flambeau style **Vénitien**, à mascarons.
Haut. $0^{m}19$.

731 — Flambeau **Vénitien** uni.
Haut. $0^{m}18$.

732 — Flambeau style **Renaissance**, forme carrée, deux pieds,
Haut. $0^{m}28$.

733 — Flambeau style **Renaissance** (tête de renard).

Haut. 0^m32.

734 — Flambeau style **Renaissance,** à fruits.

Haut. 0^m31.

735 — Flambeau style **Renaissance**, pied rond.

736 — Flambeau style **Louis XIII**, à huit pans.

Haut. 0^m20.

737 — Flambeau style **Louis XIII**, à pans.

Haut. 0^m25.

738 — Flambeau style **Louis XIII,** à six pans.

Haut. 0^m22.

739 — Flambeau style **Louis XIV**, à huit pans.

Haut. 0^m25.

740 — Flambeau style **Louis XIV**, forme triangulaire, à cariatides.

Haut. 0^m27.

741 — Flambeau style **Régence**, pied à écusson et têtes de bélier.

Haut. 0^m27.

742 — Grand Flambeau style **Louis XV**, à canaux et gaudrons forme torse.

Haut. 0^m29.

743 — Flambeau style **Louis XV**, à coquilles.
Haut. 0m18.

744 — Flambeau style **Louis XV** fleuri, à trois patins.
Haut. 0m27.

745 — Flambleau style **Louis XV**, pied et balustre gravés.

746 — Flambeau style **Louis XV**, à écusson ducal.
Haut. 0m29.

747 — Flambeau style **Louis XV**, pied et tige guipure.
Haut. 0m23.

748 — Flambeau style **Louis XV** à écusson (aigle à 2 têtes).
Haut. 0m25.

749 — Flambeau style **Louis XVI**, trois consoles à têtes de bélier.
Haut. 0m30.

750 — Flambeau style **Louis XVI**, balustre à guirlandes.
Haut. 0m30.

751 — Flambeau style **Louis XVI**, pied orné de vases.
Haut. 0m28.

752 — Flambeau style **Louis XVI**, pied et tige à tors lauriers.
Haut. 0m28.

753 — Flambeau style **Louis XVI**, à perles et draperie (avec marbrerie).

Haut. 0^m27.

754 — Flambeau style **Louis XV**, à gaudrons tors.

Haut. 0^m28.

755 — Flambeau style **Louis XV**, à canaux et gaudrons forme torse.

Haut. 0^m34.

756 — Flambeau style **Louis XV**, à canaux et gaudrons forme torse.

Haut. 0^m30.

757 — Flambeau style **Louis XV**, balustre à côtes.

Haut. 0^m24.

758 — Flambeau style **Louis XV**, à palmes.

Haut. 0^m27.

759 — Flambeau style **Louis XV**, forme torse à écusson.

Haut. 0^m27.

760 — Flambeau style **Louis XVI**, balustre à guirlandes de lauriers.

Haut. 0^m28.

761 — Flambeau style **Louis XVI**, canaux tors.

Haut, 0^m31.

762 — Flambeau style **Louis XVI**, à lauriers.
Haut. 0m28.

763-764 { Flambeau style **Louis XVI**, épis de blé.
Haut. 0m34.
Le même.
Haut. 0m25. }

765 — Flambeau style **Louis XVI**, petite colonne torse.
Haut. 0m27.

766 — Flambeau style **Louis XVI**, colonne à canaux droits.
Haut. 0m27.

767 — Flambeau style **Louis XVI**, vase à mascaron.
Haut. 0m27.

768-769 { Flambeau style **Louis XVI**, à balustre droit et feuilles d'aux.
Haut. 0m26.
Le même.
Haut. 0m22. }

770 — Flambeau style **Louis XVI**, canaux droits.
Haut. 0m25.

771 — Flambeau style **Louis XVI**, riche à trois consoles
Haut. 0m21,

772 — Flambeau style **Louis XVI**, pied à médaillons.
Haut. 0m20.

773 — Flambeau style **Louis XVI**, pied et balustre à feuilles d'acanthe.
Haut. 0m21.

774 — Flambeau style **Louis XVI**, à draperie et consoles têtes de bélier.
Haut. 0m18.

775 — Flambeau style **Louis XVI**, fût droit, pied rond.
Haut. 0m16.

776 — Flambeau style **Louis XVI**, trois têtes de satyre.
Haut. 0m26.

777 — Flambeau Cassolette style **Louis XVI**, à têtes de négresse.
Haut. 0m28.

778 — Flambeau style **Louis XIII**, à perles.
Haut. 0m33.

779 — Flambeau **Héron sur tortue**.
Haut. 0m32.

780 — Monture pour **flambeau** et porte-bouquet.

781 — Flambeau **animaux**.

782 — Flambeau **Héron** et feuilles de nénuphar.

BOUGEOIRS

783 — Bougeoir **Lampe antique**, à deux lumières.

784 — Bougeoir **Vigne**.

785 — Bougeoir style **Renaissance,** poucette dauphin.

786 — Bougeoir style **Louis XV,** à patins.

787 — Bougeoir style **Louis XVI**, poucette marguerite.

788 — Bougeoir poucette **Cor de chasse** à mascaron.

789 — Bougeoir poucette **à palmette**.

TRÉPIEDS, VASES ET DIVERS

790 — Trépied lampadaire, style **Louis XVI**.
Haut. 1m22.

791 — Trépied lampadaire, style **Empire.**
Haut 1m24.

792 — Vase anse **Serpents et roseaux**.

793 — Vase style **Louis XVI** à guirlandes de roses.

794 — Vase style **Louis XVI,** à tête de lion, culot feuille de chêne.

795 — Vase anse **Serpent.**

796 — Vase style **Louis XVI,** anse élancée.

797 — Vase style **Louis XVI,** tête de bélier et couronne de roses.

798 — Petit vase **Pot à crème.**

799 — Vase style **Louis XIV** pour lampe.

800 — Grande cassolette style **Louis XVI.** à guirlandes de vigne.

801 — Cassollette à **tête de bélier.**

802 — Éléments pour deux **colonnettes.**

803 — Consoles pour **cheminée.**

804-805 { Console style **rocaille.**
La même (modifiée).

806 — Tortue chinoise **presse-papier.**

CHENETS

807 — Deux grands chenets style **Renaissance**, esclave couché, et contre-partie.

Haut. $0^{m}51$.

808-810

Deux chenets figures de Michel-Ange. **Le Jour et la Nuit**.

Haut. $0^{m}45$.

Deux socles de chenets style **Renaissance**.

Deux figures couchées. **Le Jour et la Nuit**.

Par Michel-Ange.

811 — Deux chenets, style **Louis XIII**, mascaron tête femme, boule à côtes

812 — Deux bases pour chenets style **Louis XIV** (bois).

813 — Deux chenets **Chevaux de Versailles**.

814-816

Deux chenets style **Louis XIV, Lions héraldiques**.

Haut. $0^{m}49$.

Les mêmes (réduction).

Haut. $0^{m}38$.

Les mêmes (réduction).

Haut. $0^{m}31$.

817 — Deux chenets style **Louis XIV**, Cheval courant, et contre-partie.

819 — Deux chenets style **Louis XV**, Enfant à la rose.

820 — Deux chenets **Trophée à casque**.

Haut. 0m50.

821-823

Deux chenets style rocaille. **Lion à l'écusson**.

Les mêmes (réduction).

Haut. 0m40.

Les mêmes (réduction).

Haut. 0m31.

824 — Deux chenets **Enfants les Arts**.)

825 — Deux chenets style **Louis XVI**. Lion et lionne couchés.

Haut. 0m30.

826-827

Deux chenets style **Louis XVI**, Sphinx ailé.

Les mêmes (réduction).

Haut. 0m23.

828 — Deux chenets style **Louis XVI**.

dit GRELLOT)

829 — Deux chenets style **Louis XVI,** deux vases.
(dit Uzès)

830 — Deux chenets style **Louis XVI**, vase et guirlandes lauriers.

831 — Deux chenets style **Louis XVI,** petit vase.

832 — Deux **Aigles ailes déployées** pour chenets, sans socle.

833 — **Un chien et un chat** pour chenets, sans socle.

ANIMAUX

834 — **Cerfs aux écoutes.**
Haut. 0m32.
Par Fratin.

835-836
Jument et son poulain debout.
Haut. 0m22.
Par Fratin.

Jument et son poulain couché.
Haut. 0m22.
Par Fratin.

837-838 **Ours équilibriste** avec un Singe.

Haut. $0^{m}34$.

Par Fratin.

Ours équilibriste, pendant du précédent. Disposés pour flambeaux.

Haut. $0^{m}34$.

Par Fratin.

839 — **Singe chiffonnier** (porte-cigares).

Haut. $0^{m}25$.

Par Fratin.

840 — **Lionne léchant ses petits.**

Haut. $0^{m}19$.

Par Fratin.

841 — **Ours jouant avec ses petits.**

Haut. $0^{m}17$.

Par Fratin.

842 — **Levrier emportant un lièvre.**

Haut. $0^{m}17$.

Par Fratin.

843 — **Ours lisant le journal.**

Haut. $0^{m}13$.

Par Fratin.

844 — **Sanglier sur rocher** (incomplet).

Par Fratin.

ÉLÉMENTS DIVERS SUR PANNEAU

845 — Eléments pour gaine, style **Louis XIV**, pour ébénisterie ou marbrerie.

846 — Eléments pour gaine style **Louis XIV**, tête de femme.

847-848 { Pied et fût style **Louis XVI**.
Bouquet style **Louis XVI** pour candélabre.

849 — **Moulures** diverses et tigettes.

850 — **Bas-relief enfants** et poignées.

851 — Gros **Mascaron de femme** et autres.

852 — **Sabots** forme carrée pour meubles.

853 — Rubans et **vigne** pour **grand vase**.

854 — **Guirlandes** vigne et lauriers pour bases.

855 — **Patins** et **Ornements** pour meubles.

856 — Quatre femmes **Les Saisons** et frise.

857 — Eléments style **Louis XIV**, mascaron de femme.

858 — Éléments style **Louis XIV**, mascarons d'hommes.

859 — Patins pour meubles style **Louis XIV**, fonte seulement.

860 — **Chutes** et frises diverses pour meuble.

861-862 { **Branches, feuilles et roses.**
Feuilles de roses plus petites.

863-864 { **Branches, feuilles et œillets.**
Feuilles et œillets plus petits.

865 — **Branches, pavots et lys.**

866 — **Branches, feuilles et tulipes.**

867 — **Branches et feuilles lauriers.**

868 — Sous ce numéro et suivants, les Modèles non portés au présent Catalogue.

www.ingramcontent.com/pod-product-compliance
Ingram Content Group UK Ltd.
Pitfield, Milton Keynes, MK11 3LW, UK
UKHW021315190726
13839UKWH00007B/1852

9 782329 462479